# LÉON HENNIQUE

—

# DEUX NOUVELLES

*Les Funérailles de Francine Cloarec.*
*Benjamin Rozes.*

Portrait de MICHIELS

*BRUXELLES*
Henry KISTEMAECKERS, Editeur
25, rue Royale, 25

—

MDCCCLXXXI

Bruxelles. — Imp. A. Lefèvre, rue St-Pierre, 9.

# DEUX NOUVELLES

Tirage à 200 exemplaires papier vergé,
     100      »      sur papier du Japon véritable

# LES FUNÉRAILLES

DE

## FRANCINE CLOAREC

# LES FUNÉRAILLES

### DE

## FRANCINE CLOAREC

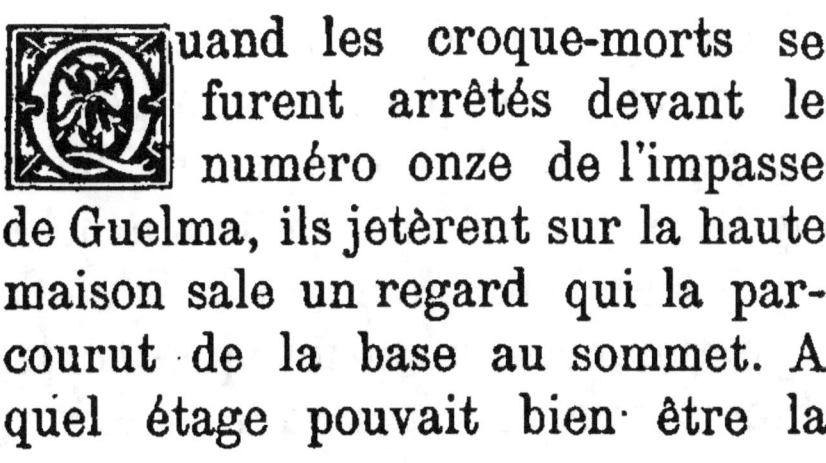

uand les croque-morts se furent arrêtés devant le numéro onze de l'impasse de Guelma, ils jetèrent sur la haute maison sale un regard qui la parcourut de la base au sommet. A quel étage pouvait bien être la

morte?... Aucun volet fermé ne gui-
dant leur investigation, après un
échange de paroles brèves durant
lesquelles on les vit former un
groupe très-obscur sur la neige, ils
pénétrèrent à la file dans le couloir
béant par où leur besogne devait
s'accomplir. Derrière eux, cahin-
caha, sous la conduite d'un vigou-
reux gaillard à épais bicorne, le
corbillard des pauvres arriva au
petit trot d'une vieille jument pis-
seuse.

La loge du concierge était close,
mais l'escalier, plein de tapage, re-
tentissait sous les coups d'un balai
agile, dans le silence de la matinée.

— Hé! l'portier! on d'mande
l'portier, cria l'un des croque-morts,
tandis que ses camarades tapaient

leurs gros souliers neigeux sur le carrelage du couloir.

— Voilà! voilà! Qu'est-ce qu'on me veut? répondit une voix fraîche, une voix de jeune fille.

— C'est nous.

— Qui, vous?

— Les pompes funèbres.

On murmura : Seigneur Dieu!... déjà?... Puis, sur un ton clair, la même voix reprit !

— Minute, je descends.

Les quatre hommes attendirent. Par la porte ouverte, le jour gris pénétrait jusqu'à eux, éclairait le dos de leurs talmas noirs, promenait des lueurs sur le vernis éteint de leurs chapeaux. L'escalier craquait sous un pas lourd qui se dépêchait. Au bout d'un instant, une grosse femme de quarante ans, à figure bonasse, apparut et s'arrêta un peu effrayée sur les dernières marches du rez-de-chaussée. C'était la concierge dont la robe vineuse, retroussée par devant, découvrait un jupon de tricot violet, des bas malpropres serrés à la cheville par d'énormes chaussons lacés, dont un caraco de mince flanelle laissait grelotter furieusement la poitrine flasque. Le premier moment de stupeur passé, la bonne femme se rasséréna.

— Tiens, fit-elle, sur un timbre très-doux, si harmonieux qu'il semblait ne point appartenir à un pareil tas de graisse, vous venez déjà pour la petite?

— Oui, pour Francine... Francine Clo... je ne sais plus comment...

— Arec, Francine Cloarec, affirma un croque-mort à tête sanguine.

—Oui, c'est bien ce nom-là : Francine Cloarec... une bretonne... Attendez que je prenne sa clef, reprit la concierge.

Elle passa entre les croque-morts, péniblement, et ouvrit la porte de la loge. Une bouffée de chaleur malsaine s'en échappa.

— Mais entrez donc, ajouta-t-elle, vous vous chaufferez au moins, au lieu de rester là comme des perdus

— Bah! dit l'homme sanguin, pourquoi faire?

Néanmoins, ils se faufilèrent tous les quatre autour d'un petit poêle dressé sur une plaque de tôle, dans un coin. Personne n'avait envie de parler. Seule, une casserole bouillait avec un cliquetis de couvercle, une susurration gênante, et de temps à autre bavait sur la fonte rougie. Brusquement, la concierge s'écria :

— Je ne trouve plus la clef.

Les croque-morts ne répondirent pas. Le dos rond, les mains tendues, ils se chauffaient dans des postures de travailleurs fatigués avant de se mettre à l'ouvrage.

Alors commença un bruit assourdissant, un bruit de tiroirs qu'on ouvrait, qu'on refermait, un remue-ménage de tasses dont le grincement traîna sur le marbre de la cheminée, un va-et-vient de clefs passées en revue, de meubles qu'une main rageuse dérangeait. Egayé par ce tumulte, un serin, dans une cage, contre la fenêtre, se mit à chanter.

— Veux-tu te taire? cria la concierge impatientée.

Mais l'oiseau se sentait heureux, et le cou gonflé, tout droit sur un barreau, semblable à une étrange fleur jaune, il s'évertuait à lancer des roulades. Tous les yeux étaient braqués sur lui.

— Ah çà, la mère, finit par dire le plus jeune des croque-morts, nous n'avons pas le temps d'attendre, nous autres; si on allait chercher un serrurier? Ça ne doit pas manquer par...

La concierge lui coupa la parole.

— D'abord, la clef ne peut pas être perdue..., je ne perds jamais rien;... elle est là, pour sûr, quelque part; seulement il s'agit de la retrouver...

Ce que c'est que de ne pas avoir de mémoire pour deux sous! Chaque fois que je range quelque chose, j'ai toutes les peines pour remettre la main dessus. C'est réglé...

Et soudain, elle poussa un cri de triomphe :

— Ah! je ne suis guère futée... Montons; M<sup>lle</sup> Sauvageot qui a veillé le corps cette nuit, aura mis la clef sous le paillasson.

Les croque-morts se levèrent comme un seul homme. Au moment où on quittait la loge, le cocher du corbillard dont la haute stature, dans son manteau plantureux, barrait la porte de la rue, s'écria :

— Dis donc, Guillemin, tu n'aurais pas une pipe de tabac?

— Si,... attrape.

— En te remerciant, ma vieille.
Et il ajouta :

— Je crois que le bon Dieu va encore nous plumer des pigeons.

On s'engagea dans l'escalier. La concierge précédait les quatre hommes, et tout en grimpant, déjà essoufflée au bout de quelques marches, les mains sur les cuisses, elle trouvait le moyen de jaboter :

— Cette pauvre Francine !... vingt ans à peine... Ah ! elle n'a pas traîné longtemps... J'en suis encore sens dessus dessous... Je la vois toujours comme quand elle est arrivée de son pays. Une vraie fleur ! Elle voulait entrer en place chez des bourgeois ; malheureusement, [elle ne savait pas... cuisiner... A Paris, la cuisine c'est tout... Alors, n'est-ce pas ? elle

a fait des ménages... ça lui aidait à
vivre... Il n'en manque pas dans la
maison qui gagnent de l'argent avec
leur je-ne-sais-quoi... Elle aurait
pu faire comme celles-là,... mieux
même,... mais ça n'entrait pas dans
son idée... Sage, l'enfant! aussi sage
qu'une image... jamais plus d'un
homme à la fois... Ne faut-il pas que
les jeunes gens s'amusent?... Vrai
de vrai, une bonne fille, allez!...
courageuse... Toutes mes commis-
sions, c'est Francine qui me les faisait... Il y a cinq mois, j'avais pincé
un chaud et froid dans le ventre; eh
bien, trois fois par jour, elle descen-
dait me frictionner... Et ça ne l'em-
pêchait pas de trouver du temps
pour l'artiste du sixième qui faisait
ses portraits avec elle... Un beau

jour, ils ont couché ensemble... j'aurais voulu que ça dure, mais ils ne se sont pas arrangés... La voilà morte à cette heure!... L'avant-dernière nuit, M. Vigneron, son voisin,... a entendu comme un gargouillement... Il dormait à moitié... C'est lui qui m'a dit la chose, pas plus tard qu'hier... Ouf!... nous y sommes... Un sacré exercice pour mes pauvres jambes!

Maintenant, une puanteur d'égout, une odeur de graillon rance et de charnier encombraient la respiration, s'échappant des cabinets mal fermés, des plombs ouverts, de certaines portes, de la poussière huileuse et humide répandue. Tout cela, chassé par l'air glacial de l'impasse, avait escaladé l'escalier, s'était donné rendez-vous au sixième étage de la misérable maison. Une tiédeur moite faisait suinter les murs au-dessus des lambris ravagés. Un des croque-morts ne put s'empêcher de proclamer :

— Cré nom, ça schlingue ferme.

— Oui, répondit simplement la concierge.

Et toujours à la tête de son escorte, elle enfila une courte allée au bout de laquelle on fit halte devant une porte basse percée d'un point lumineux par le trou de la serrure. La porte ouverte à l'aide de la clef ramassée sous le paillasson, une clarté jaunâtre se jeta dans le couloir, inondant de sa pâleur soudaine la concierge indifférente et l'impassibilité de l'homme qui la suivait di-

rectement. On entra. Les croque-
morts ne se découvrirent point.

La petite mansarde était toute
grise sous le vasistas entr'ouvert et
chargé d'une épaisse couche de
neige. Le lit en fer où reposait Francine paraissait maigre ; elle, longue-
ment plate, enveloppée jusqu'au cou
dans la blancheur douteuse d'un
drap quelconque, ses piètres cheveux blonds, rares aux tempes, dis-
persés dans les creux du traversin,
le front buriné de rides légères, la
bouche déjà vieillie par vingt-quatre
heures de rigidité, semblait une
statue de cire abîmée grâce aux
cahots de mille voitures foraines,
détériorée par d'innombrables exhi-
bitions. Entre ses paupières qu'une
liqueur séreuse mouillait, on aper-

cevait un coin de ses regards qui
avaient été bleus. Aucune croix ne
lui barrait la poitrine; on ne voyait
à son côté ni eau bénite, ni chandelle
allumée, mais en compensation, sur
la cheminée, dans un de ces vases
couleur d'absinthe si communs aux
étalages des faïenciers, un bouquet
d'herbes sèches, jadis cueillies hors
barrières, étalait sa fine contexture
d'aigrette. Tout était d'une propreté
méticuleuse autour du cercueil allongé en plein milieu de la mansarde; la malade avait dû se lever,
peut-être la veille de sa mort, afin
de ranger et d'épousseter son ménage. Non loin d'une confection pi-
toyable, effiloquée, pendue à un
clou, défroque sur laquelle un chien
n'aurait pas voulu dormir, la photo-

graphie d'un garçon boucher, le dernier amant de Francine, se pavanait en tablier blanc, au centre d'un cadre payé vingt centimes dans un bazar. Le reste avait été volé par la concierge.

Il faisait très-froid.

— Allons, hop! hop! Guillemin, fit le croque-mort à tête sanguine.

Et rejetant son talma sur ses épaules, afin d'avoir les bras libres, il alla se planter aux pieds du cadavre. Mais Guillemin opérait un creux dans la sciure du cercueil ; un camarade le remplaça.

— Vous tenez à l'emporter avec le drap? demanda la concierge, l'œil pétillant d'avidité.

Ils répondirent :

— Ce sera comme vous voudrez.

— Bien sûr, il vaut mieux le laisser, reprit-elle, les vivants en ont plus besoin que les morts.

Et, sans plus de façons, elle l'attira délicatement, et le jeta sur son bras, sans le plier. Francine était nue. On l'avait dépouillée même de la chemise où elle avait sué pour mourir. Rien ne voilait ses seins flétris, ses côtes aussi saillantes que des passementeries sur un dolman, l'ossature de ses larges hanches au fond desquelles son ventre glabre ne se soulevait plus. Ses jambes émaciées, très-grosses aux genoux et aux chevilles, ressemblaient à de l'ivoire vieilli. Un mince porte-bonheur en cuivre, quelque souvenir d'amour sans doute, cerclait encore son poignet droit. Et comme les

croque-morts pris d'émotion s'étaient
regardés, la concierge rendit le drap.
Alors, sans une parole, ils enseveli-
rent le pauvre corps et le portèrent
tout raidi dans son cercueil. Un flot
de sciure de bois, histoire de boucher les trous, paracheva la céré-
monie. Le long couvercle de sapin
vissé, il ne s'agissait plus que de
faire descendre au fardeau les six
étages gluants de la maison.

# II

LES croque-morts crachèrent dans leurs mains et soulevèrent la bière. Mâtin, elle était lourde. Quand tous eurent trouvé une position satisfaisante pour qu'aucun effort ne fût perdu, ils avancèrent de quelques pas. Tonnerre ! voici que l'angle formé par la porte et le mur du couloir manquait de tournant, à cette heure ! Le cercueil fut dressé, la tête de la morte en bas, puis descendu en hauteur dans l'étroit corridor. Et pendant qu'on se remettait en marche, après de nouvelles difficultés pénibles, la concierge courut frapper à une porte, au fond du même corridor.

— Monsieur Richard?

— Quoi? répondit celui-ci.

— C'est prêt.

— Bon, j'arrive.

La descente du cercueil s'opérait mal. A chaque instant, un choc terrible de catapulte ébranlait la rampe de l'escalier, gémissait dans la cage sonore. Plusieurs éraflures d'un blanc frais entamaient déjà la crasse des murailles. Aux étages inférieurs, des portes s'ouvraient et des gens se demandaient :

— Mais qu'est-ce qu'il y a donc ?

C'est alors que la concierge, tremblante pour l'immeuble confié à sa garde, se mit dans la caboche d'in-

tervenir. Sa voix, naguère si flûtée,
avait changé de diapason.

— Prenez garde à mon mur, beu-
glait-elle. Courage!... méfiez-vous,
là, aux communs... Il en faudrait
un, juste où il n'y a personne...
Penchez-vous à gauche, à cause de
la fenêtre... Hé! vous..., oui..., le
grand sec..., vous gênez les autres.

Elle distribuait ses ordres en ca-
pitaine de navire, comme si elle
commandait une manœuvre entra-
vée par des vents hostiles.

Tous les petits appartements
avaient déversé leur monde bavard
sur les paliers. Du haut en bas de
la maison, à présent, chacun savait
que le cercueil de la bretonne du
sixième produisait ce tintamarre;
et on jacassait à qui mieux mieux;

et des enfants abandonnés pour
satisfaire d'irrésistibles curiosités
piaillaient comme si on les égor-
geait avec un plaisir barbare. Lorsque la bière tranquille traversait les
paliers au milieu des locataires,
quelques femmes lâchaient un vi-
goureux signe de croix, d'autres
murmuraient : Pauvre fille, dans la
quiétude qui se faisait. Au deuxième
étage, le heurt d'une querelle de
ménage éclata.

— Jules, tais-toi, tais-toi, sup-
pliait une femme, le cercueil passe.

L'homme répondit :

— Je m'en bats l'œil.

Néanmoins, Francine Cloarec approchait du corbillard. Aussitôt en
bas, dans le couloir principal, les
croque-morts éprouvèrent le besoin

de se reposer. Ils l'avaient bien gagné, sans compter un verre de vin,
mais aucun cœur philanthropique ne
se décidant à les secourir, ils gar-
dèrent leur soif pour plus tard.

La bière gisait piteusement à leurs
pieds tandis qu'ils s'épongeaient la
face avec de larges mouchoirs. Le
trottoir, où de gros flocons légers
tombaient comme des plumes, avait
un aspect de mélancolie crapuleuse.
Une couverture de neige commençait à vêtir de blanc le dais noir du
corbillard dont on n'apercevait
qu'une maigre partie sur deux moi-
tiés de roues.

— Ah ! voilà monsieur Richard,
fit la concierge qui, prestement,
avait mis des galoches, passé un
châle, s'était campé sur le chignon

un antique chapeau où tremblaient,
dans la candeur d'un grossier mon-
tage artificiel, quelques brindilles
perlées.

L'ex-amant de Francine, Joseph
Richard, le peintre, dégringolait, en
effet, les dernières marches de l'escalier. Rien ne le distinguait du
vulgaire. Il était accompagné par
un garçon pansu dont les yeux en
trous de vrille luisaient au-dessus
d'une paire de joues très-nourries.
L'un et l'autre étaient assez flam-
bants dans leurs interminables gâ-
teuses, la figure propre, la barbe
peignée.

Sur ces entrefaites, arriva une
vieille dame, modeste rentière pour
qui Francine, lors de son arrivée à

Paris, avait apporté une lettre de recommandation.

— Bonjour, Madame Brachet, s'écria la concierge.

Celle-ci répondit :

— Bonjour, madame.

Un bonnet de deuil à superbes rubans la coiffait ; elle avait aussi un paletot garni de renard, des caoutchoucs. D'ailleurs, elle ne s'était jamais occupée de la bretonne, si ce n'est pour venir la sermonner en temps inopportun.

Mais déjà les croque-morts avaient empoigné le cercueil et l'avaient glissé dans le corbillard où il s'était allongé avec un grondement lourd. En un clin d'œil, il fut caché sous l'énorme housse usée, frangée de blanc. Clac ! un coup de fouet cingla le dos de la jument. A droite et à gauche, les ouvriers funèbres réglaient leur pas sur celui de la bête. Trois parapluies s'étaient ouverts, et les gens de l'enterrement se dirigeaient vers le cimetière Montmartre.

Ces funérailles étiques, les pieds dans la neige, le front fouetté par des tourbillons blancs qu'une brise désagréable entraînait vers le sol, collaient les boutiquiers aux vitres de leurs magasins. Des passants jugèrent à propos de s'arrêter pour suivre du regard l'infime cortége. Lui, accomplissait son voyage lamentable. Nulle parole ne s'échangeait. A la hauteur de la rue Coustou, la concierge fixa par une épingle les rubans flottants du bon-

net de madame Brachet. La neige
menaçait de les mouiller. Devant la
rue Lepic, la vieille demanda :

— Mais qui donc a payé un terrain à Francine?

— C'est monsieur Richard, lui
fût-il répondu.

Elle se retourna pour considérer
le peintre qui marchait silencieuse-
ment abrité.

Le boulevard de Clichy était mé-
connaissable. Les jeunes arbres de
son refuge striaient de lignes som-
bres le ciel dont l'écroulement s'ac-
centuait. Les fenêtres des maisons
ressemblaient à des yeux d'aveugles.
On distinguait à peine la coloration
violente des affiches sur les murs
grossièrement poudrés. A quelques
mètres du corbillard, une paire

d'apprentis en goguette traînaient un camion où quelques barres de fer se bousculaient avec un fracas tempêtueux de féérie. Pas un chien n'aboyait.

Tout à coup, au moment où l'on abandonnait le boulevard pour enfiler l'avenue du cimetière du Nord, le voile de neige s'éclaircit, les flocons cessèrent de se poursuivre, et l'entrée du cimetière apparut, dans une vibration de jour clair, à peine taché par des houppes fragiles, au bout d'un tapis immaculé, entre des boutiques encombrées de plantes vertes, d'immortelles durement multicolores, de tombes qui attendaient. Une cloche tinta deux fois, prévenant les fossoyeurs.

— Sapristi! murmura l'ami de

Joseph Richard, ça manque de gaieté.

— Tu l'as dit, répliqua le peintre.

On franchissait le seuil du cimetière, quand un gardien en uniforme bleu, le coupe-chou pendu à un baudrier, s'approcha du cortége.

La concierge prévint sa question.

— Francine Cloarec, dit-elle.

— Francine Cloarec, répéta le fonctionnaire à deux ouvriers dont la mine était prodigieusement stupide.

Ceux-ci, les fossoyeurs, allèrent prendre la tête du corbillard afin de lé diriger vers la fosse de la bretonne. La marche en avant recommença plus lente encore.

On passa le long d'un calvaire en granit; on entra dans une avenue où des sycomores entrelaçaient leurs branches chargées de neige. Au-dessus de la voiture mortuaire, le chapeau du cocher avait des oscillations comiques. Et le cimetière, à certains endroits, paraissait immense, s'allongeait démésurément, tortueux, plein d'arbustes vivaces dont plusieurs avaient l'air accroupi, donnant l'illusion d'une ville peuplée de bizarres et minuscules palais à demi enfouis sous une avalanche. Capricieusement, il s'éclaircissait; une ligne de sureaux, d'acacias, d'épines dépouillés, hachait le ciel sur un monticule, semblait une envolée de quelque chose, puis les horizons se remettaient à mourir, un aplanissement de terrain amoindrissait tout, et la sinistre architecture

des croix et des tombes envahissait
de nouveau les deux côtés de l'avenue, dans une sorte d'éblouissement
crayeux. Une incompréhensible ex-
citation, malgré la froidure, atta-
quait les nerfs, s'exhalait de la placidité même du paysage. D'arbre en
arbre, des roitelets s'amusaient à
suivre l'enterrement.

Mais, depuis cinq minutes, une
conversation s'était engagée entre
le peintre Richard et son ami. Peu
à peu, le corbillard les avait dis-
tancés; et maintenant ils gesticu-
laient à qui mieux mieux ; la conversation avait dégénéré en dispute.

—Alors, tout ce que nous voyons là
n'est pas épatant? disait le gros pansu.

— Peuh ! faisait Richard, tu m'af-
fliges.

—Bon, je suis sûr que tu préfères ton infecte forêt de Fontainebleau?. n'est-ce pas?

. — Mon infecte forêt!... mon infecte forêt!... reprenait l'autre en haussant les épaules.

— Ton ignoble forêt, si tu le préfères... Ah! tu sais, voilà trop longtemps qu'on nous bassine avec cette forêt-là... D'abord, je te défie de m'y trouver un seul arbre vrai, on les rend pittoresques aussitôt qu'ils commencent à pousser. On y a mis des rochers en carton-pâte.

— Tout ça, c'est des paradoxes, répliqua vertement le peintre; il y a des gens qui soutiennent aussi que la neige n'est pas blanche partout.

— Non, elle n'est pas blanche partout... Tiens! arrive, je vais te montrer quelque chose que tu n'as jamais vu, toi qui demeures à trois pas d'ici. Arrive.

Ils dépassèrent une route qu'un égouttement continu emplissait d'une même note, tournèrent à leur droite, gravirent une légère côte, et bientôt s'arrêtèrent sur un plateau où des tiges d'orties desséchées hérissaient la neige autour d'eux. Là, ils reçurent une commotion.

Une vaste étendue de cimetière abandonné resplendissait sous un jour de pénombre, était claquemurée. L'atmosphère implacable avait l'air de vouloir s'éterniser ainsi. De la neige, toujours de la neige. Les arbres en étaient tristes. On en apercevait sur la crête des moindres aspérités, sur les ifs et les fusains épars. Entre deux talus où elle s'allongeait moins accidentée, des traces de pieds rompaient sa monotonie, fuyaient en tournoyant comme un vol de pigeons dans un ciel cotonneux; et cela ne se perdait qu'à une espèce de bois sacré où des tombes écroulées les unes sur les autres, bousculées par le temps, éventrées par les hivers, dans un enchevêtrement de croix et de palissades brisées, d'arbres, de plantes, de buissons morts, faisaient rêver à on ne sait quelle vengeance canaille autrefois assouvie.

Le souvenir de Francine Cloarec s'éloignait du peintre et de son ami; ils ne pensaient plus au corbillard. Un saisissement vague, une inquiétude tranquille les agitaient seuls, les gênaient un peu ; ils auraient été incapables de l'appliquer à quoi que ce fût, mais elle existait. Joseph Richard prit la parole :

— Nom de nom, ça vous a tout de même un sacré caractère.

— Parbleu ! fit le gros pansu.

Puis il ajouta :

— Tu commences à comprendre. Eh bien ?

— Je reviendrai.

— Ah ! ah ! Vois-tu le pétard, au Salon, sur une grande toile ? Il faut peindre ça sans rien sacrifier à la convention, parce que si tu veux retrancher ou ajouter quelque chose, ce ne sera plus le cimetière Montmartre. Le public doit pouvoir comparer. Qu'est-ce que tu dis de ce fonds de maisons inégales, de gigan-

tesques cheminées d'usines, de han-
gars?... Et de la trouée, à gauche,
sur une houle de toits? Doit-il faire
assez froid là-dessus, hein? Sacristi!... Quand tu auras fourré dans
ton tableau la butte, ce tas de bâti-
ments que nous voyons, un hos-
pice sans doute, le moulin de la
Galette avec ses cinq ou six dra-
peaux qui ne valent pas la corde
pour les pendre, tu pourras te vanter d'avoir eu sous les yeux un
fameux coin de nature... Tiens! en
ce moment, aperçois-tu des tons
roses, là-bas, sur la neige, des
finesses bleutées, des jaunes exquis,
et toutes sortes de phénomènes d'iri-
sation parmi les ombres pâles? Le
sentiment de ça, c'est la solitude;
donc, pas de personnages idiots. Et

tâche d'avoir de l'intelligence pour
ne point ressembler à la plupart de
tes confrères...

. Ils promenèrent encore pendant
quelques minutes leur contempla- .
tion sur les splendeurs du paysage
d'hiver, mais une lassitude avachis-
sante les envahissait, et leurs yeux
devenaient troubles.

— Oh! fit tout à coup le peintre,
l'enterrement!... nous oublions l'enterrement.

— C'est vrai.

Sans plus tarder, ils regagnèrent
d'un pas accéléré l'avenue que, pré-
cédemment, ils avaient quittée. Personne n'était là pour leur indiquer
le chemin à prendre. Ils se sentirent
très embarrassés. L'idée de suivre
les traces du convoi sur la neige ne

leur vint pas ; et ils se regardaient, la face ahurie, ne sachant à quel saint se vouer. Un corbillard qui se dirigeait vers eux ne tarda point à les rejoindre. C'était celui de Fran-çine, mais la bretonne n'y était plus.

— Cocher, où est la fosse ? demandèrent-ils.

Celui-ci, son grand fouet à la main, se tourna sur le siége de la voiture pour leur crier :

— Toujours tout droit.

A cent mètres plus loin, ils croisèrent les croque-morts, dont le retour s'effectuait avec une satisfaction visible.

— Où est la fosse? répétèrent le peintre et son ami.

Les quatre hommes répondirent :

—Un peu plus loin…sur la droite.

En effet, un peu plus loin, sur la droite, la concierge barrait un sentier.

— Ah çà, monsieur Richard, d'où venez-vous ? cria-t-elle.

Le gros pansu soufflait bruyamment. Il salua la vieille madame Brachet, dont le nez se terminait par une goutte brillante. Or, tandis qu'un des fossoyeurs jetait sur le cercueil la première pelletée de terre, quelques flocons se remirent à danser. Ils voltigeaient d'abord dans le ciel gris, puis glissaient vers la neige du sol. Les pelletées commencèrent à se succéder avec des chocs roulants. Chacun restait cloué à sa place.

— Eh bien ! fit brusquement la concierge en ouvrant son vaste parapluie, qu'est-ce que nous faisons ici, plantés comme des pieux ?.... Allez, nous ne la ressusciterons pas !

Puis, l'âme heureuse, elle ajouta :

— Dites donc, madame Brachet, ce n'est point tout le monde qui serait sorti par une fichue neige comme ça !.

La vieille dame ébaucha un sourire angélique. Et on s'en alla.

Ainsi eurent lieu les funérailles de Francine Cloarec.

# BENJAMIN ROZES

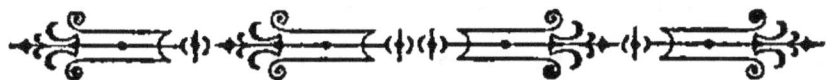

# Benjamin Rozes

## I

LE matin où il s'aperçut de ce qui lui survenait, durant sa promenade habituelle, le long d'une petite source dont la voix était rieuse, presque à l'entrée d'un bois situé à une demi-lieue du pays natal, M. Rozes, accroupi, déculotté, ancien notaire, se releva tout pâle.

La journée de juillet s'annonçait splendide. Mille fleurettes piquaient l'herbe; un souffle parfumait la solitude, agitait les bosquets, courait sur les touffes d'orties. Des gueules-de-loup sauvages formaient un tas jaune. Dominant un coin d'éclaircie, un orme, les feuilles retroussées par une brise haute, semblait criblé de papillons verts.

— Diable ! murmura M. Rozes.

Deux loriots se mirent à siffler.

— Diable ! diable ! répéta M. Rozes.

Autour du bois, dans le bleu du ciel, au-dessus de la plaine cultivée, les alouettes prenaient des bains de soleil.

— Sapristi ! fit encore M. Rozes.

Des pièces de trèfle et de luzerne ressemblaient à de grands tapis de velours. Quelques nappes d'or s'étalaient déjà ; des champs achevaient de mûrir, houleux parfois, fuyant

vers les lointains en lignes de plus
en plus minces; et parmi les ver-
dures basses, des envahissements de
coquelicots, çà et là, faisaient des
ceintures aux moissons, les ornaient
de taches vermeilles. Juchée sur une
hauteur, au bout d'une route droite,
encaissée, assez large, une sorte de
maigre ville rompait la ligne d'horizon, dressait un clocher, éclatait
en une suite de toits et de murs clairs
empanachés d'arbres

Les minutes s'écoulaient. Un
instant, le chapeau de M. Rozes
se promena derrière un brouil-
lard d'épis barbus, s'arrêta, fut
comme un gros champignon, se remit
en marche, puis l'ex-notaire apparut, lui-même, tout entier, sur un
des talus de la route.

Il était tiré à quatre épingles, coiffé d'un panama irréprochable. Aucun poil trop long ne déparait sa chevelure bien taillée, ses moustaches courtes, son collier de barbe blanchissante. L'œil était doux, le nez ordinaire, la face plate. Sa redingote bleue, échancrée, permettait d'apercevoir un bas de gilet fabuleusement propre; une chaîne de montre arrondie sur son ventre, mais une chaîne particulière, digne d'un homme riche, composée d'anneaux en platine et de lapis-lazulis. Ni gras, ni maigre, M. Benjamin Rozes (ainsi désigné dans le pays pour le distinguer de son frère Alfred, rentier), avait sa canne à bec de corne, un pantalon gris-perle, des guêtres.

Il fut vite sur la route, malgré ses cinquante-cinq ans. De tristes réflexions devaient l'absorber, car il allait, tête pesante, par longues enjambées, sans cette pensée consolatrice d'un *Créateur* que, très-souvent, lui suggéraient les magnificences de la nature, le soleil et le bien-être des matinées chaudes.

Il n'entendit pas le bonjour d'un vieux terrassier ; celui-ci passa, en bras de chemise, la poitrine nue, ses outils sur l'épaule. D'ailleurs, la route était presque déserte ; seuls, des grillons cliquetaient dans l'herbe. Quand la brise soufflait sur les talus, leur gazon paraissait plus vert, et elle soulevait une poussière qui détalait prestement. Les poteaux du télégraphe bourdonnaient comme des guitares fêlées.

Cependant la route devint plus populeuse, et petit à petit, les travailleurs commencèrent à pulluler.

— Bonjour, monsieur Benjamin, disaient-ils.

A cent mètres de la ville, un véritable concert l'assaillit. Hommes, femmes, enfants, le nouveau vicaire, tout cela se mit à crier au milieu d'un tapage de gros souliers et de sabots contre le sol :

— Bonjour, monsieur Benjamin. Bonjour, monsieur Rozes.

Des chiens le reconnaissaient; un ânon cessa de braire; le brigadier de la gendarmerie ôta son képi. Par dessus les haies d'épines, derrière les sureaux chargés de grappes

noires, dans les potagers où des so-
leils, sur de minces tiges, le regardaient comme des figures, à tout
moment des voix partaient, lui je-
taient un bonjour jovial.

L'ancien notaire se contentait de
frôler son chapeau. On se regardait
très-étonné.

Qu'avait donc M. Rozes, pour
se sauver ainsi? Pourquoi ne le
voyait-on point, à l'exemple de
chaque jour, se planter n'importe
où, les jambes ouvertes, dans son
étrange roulis de tout le corps, ja-
casser de la pluie, du beau temps,
des récoltes, s'informer du cousin
parti soldat, de la vache prête à
vêler, du catarrhe de la grand'mère,
des moutards, de la première chose
venue, puis brusquement, tirer de

sa poche une fine paire de ciseaux,
se couper un poil de barbe, avec une
moue du visage? Oui, quel malheur
venait donc de frapper M. Rozes?

Il se garait à peine des chariots ;
il ne donna même pas un coup d'œil
à la forge où, pourtant, on ferrait la
jument de son gendre et successeur;
il n'entra pas à l'auberge du *Paon
Rouge*, tenue par un de ses anciens
domestiques; il ne s'occupa point de
la mare communale où, ce jour-là,
dans le soleil qui allumait les eaux
bourbeuses, une bande de canards
jouait, nageait, plongeait avec un
entrain de tous les diables. — Il
avait oublié de saluer le cimetière !

Les premières maisons de la ville
semblèrent obscurcir encore l'ennui
du notaire; il marcha plus vite. Un

indéfinissable sentiment, de la honte
peut-être, lui courbait l'échine, lui
restituait ses jambes de la vingtième
année. Il se précipita dans une ruelle.
Des murailles filaient à ses côtés,
lui faisaient l'effet de montagnes
entre lesquelles il se sentait maigre
et chétif. Son panama le fatiguait.
Soudain, une ombre se dessina devant lui; M. Rozes leva les yeux
et reconnut le fils Michaut, un
immense cuirassier en permission
depuis quelques jours. L'un et l'autre
essayèrent de se céder le pas, mais
sans y parvenir. Quand le notaire
allait à droite, le fils Michaut se dirigeait vers la droite, et plusieurs
fois ils opérèrent le même manége.
Néanmoins, le fils Michaut finit par
ne plus bouger, et le notaire put

continuer son chemin, poursuivi par le craquétement sec des basanes du soldat.

Cinq minutes après, M. Rozes sonnait à une porte où, sur une plaque de cuivre, on pouvait lire : *Pédoussault, docteur-médecin, successeur de M. Coquidé.*

Ce fut Pédoussault, en tablier bleu de jardinier, qui vint ouvrir.

— Tiens! monsieur Benjamin.... enchanté de vous voir!.... Et quelle maladie vous amène?

— J'ai quelque chose à vous montrer, répondit le bonhomme. Il était en sueur, tout tremblant; des larmes lui montaient aux yeux, mais il se calma, le médecin lui demandait :

— Voulez-vous que nous passions dans mon cabinet?

— J'allais vous en prier.

M. Pédoussault ouvrit une porte, et quand ils eurent pénétré dans une petite pièce, meublée seulement d'une glace, d'une table en acajou, d'un fauteuil et d'un divan recouverts de cuir noir, il fit asseoir son client.

— Eh bien, mon cher monsieur?

— Personne ne peut nous entendre?

— Personne.

— Alors, voilà!... Soyez sans inquiétude, il y avait une source, j'ai pris soin de le laver.

Le notaire farfouilla un instant les poches de sa redingote, puis, avec mille soins, en tira son mouchoir qu'il déploya, les mains nerveuses, sur un des coins de la table.

— Regardez, murmura-t-il.

M. Pédoussault se pencha. C'était un jeune homme à l'air vieux, blond, sans barbe, et longtemps il s'abîma dans une muette contemplation. Des moutons, au loin, poussaient des vagissements. Un bourdon égaré piquait des têtes contre la glace.

A son tour, M. Rozes demanda :

— Eh bien ?

— C'est vous qui avez fait ça ?

— Oui,... tout-à-l'heure.

— Sacristi ! dit le médecin.

Puis, au bout d'un nouveau silence :

— Vous pouvez vous vanter d'avoir un tœnia des mieux conditionnés.

— Un tœnia ?

Benjamin Rozes ouvrait de grands yeux.

— Tœnia ou ver solitaire, comme vous voudrez.

Et la bouche satisfaite, M. Pédoussault ajouta :

— Peut-être un bothriocéphale... je serais assez porté à le croire.

— Oh ! soupira l'ancien notaire.

— Oui, reprit le docteur, peut-être un bothriocéphale. Le bothriocéphale est généralement moins long que le tœnia vulgaire ; on assure qu'il passe rarement douze à vingt pieds.

— Vingt pieds !... vingt pieds ! balbutiait le notaire à demi suffoqué. . J'aurais vingt pieds de botriocéphale dans les intestins ?

Le docteur Pédoussault ne répon-

dit pas ; il travaillait sa mémoire,
mais bientôt, pareil à un écolier sûr
d'une leçon, il s'emballa :

— Le bothriocéphale est le plus
souvent de couleur grise ; il est plus
mince, plus large, à anneaux moins
longs que le *tœnia vulgaris*. Sa
tête n'est pas plus volumineuse,
mais elle a la forme plus ovoïde, et
n'a que deux orifices papillaires au
lieu de quatre. Le col de ce ver
n'est pas distinct du corps. Quelques
auteurs le disent laineux, au micros-
cope...

— Hélas ! de quel monstre me
parlez-vous ? s'écria le notaire.

Pédoussault était lancé, il ne
s'arrêta point.

— Le corps du bothriocéphale se
compose d'anneaux courts, comme

j'ai eu l'honneur de vous l'affirmer.
Ces anneaux n'ont pas de pore laté-
ral, mais un pore facial, ou sorte
de fossette au centre de laquelle
un petit dard, une épine conduit à
l'oviducte. La queue de la bête
se termine d'ailleurs carrément,
en cela semblable à celle du tœnia
commun.

— Seigneur! fit M. Rozes.

Son sang se glaçait, et perdant la
perception du milieu où il se trouvait, un immense découragement le
conduisit à fixer un bout de papier
qui traînait non loin de lui, recro-
quevillé, sur une des lames du parquet.

A présent, ravi de son savoir, le
jeune Pédoussault avait un sourire
épanoui au coin de la bouche. D'ail-

leurs, l'épouvante de son client l'égayait. Il s'écria :

— Pour la minute, l'important serait de vous débarrasser de ce locataire incommode.

— Oui, dit M. Rozes.

— Et le plus vite possible, n'est-ce pas ? reprit le docteur.

— Oui, répondit encore le notaire.

Il essayait de sourire aussi, mais son sourire se figea quand le médecin, l'œil tranquille, ajouta :

— Ce n'est pas facile, facile... d'autant plus qu'on peut avoir plusieurs bothriocéphales.

— Plusieurs !

— Ça s'est vu. — Ne ressentiez-vous pas, déjà depuis quelque temps, des picotements, des dou-

leurs dans la région épigastrique?...
autour du nombril?... des ondulations dans l'abdomen, des borboryg-
mes, des coliques?... N'aviez-vous
pas un appétit fort vif? des diges-
tions pénibles?... une toux avec
sputation fréquente de salive?... des
vomissements?... un sommeil entre-
coupé?... des mouvements convul-
sifs?... de la tristesse?

A chacune des questions, M. Rozes répondait par un geste, tantôt
négatif, tantôt affirmatif. Un sentiment de stupéfaction douloureuse
lui dilatait les prunelles, lui com-
muniquait presque les symptômes
dont on lui parlait. Il devenait de
plus en plus blême. Alors pour le
rassurer :

— Voyons, monsieur Rozes, dit

le médecin, un peu de courage!...
Tranquillisons-nous... Il ne faut pas
nous laisser abattre. Que diable!
vous êtes un homme, ne vous exa-
gérez rien. On vous guérira, on
vous délivrera, très vite,... du
moins, je l'espère.

Un rayon de soleil se promenait
sur le gilet de M. Rozes, emplissait
d'étincelles sa splendide chaîne de
montre, donnait au bonhomme un
air cossu, malgré sa tête boule-
versée.

— Et quelle méthode comptez-
vous employer? Souffrirai-je beaucoup avant de guérir?

Sérieusement, Pédoussault répondit :

— Ni la méthode de Beck, ni

celle de Clossius... ni celles d'Hufeland, de Lagène, de Mathieu, de M^{me} Nouffer, du professeur Dubois, mais la mienne, la meilleure... la vraie! Nous commencerons le traitement demain. — Venez voir mes poiriers.

— C'est que l'heure de mon déjeûner approche, insinua le notaire... Ma femme pourrait s'inquiéter.

— Ah!... il a faim, dit le docteur... Très-bien, ne le contrariez jamais.

— Qui?

— Le bothriocéphale.

Un frisson parcourut le notaire. Mais déjà Pédoussault lui serrait la main.

— Mes respects à madame, je

ce qu'il aime... Je serai demain chez vous à la première heure... Au revoir.

— Pas un mot à qui que ce soit, n'est-ce pas? Je vous recommande le secret le plus absolu.

— Pour qui me prenez-vous?

— A demain.

— Vous avez votre morceau de ver?

— Oui, dans mon mouchoir.

Les deux hommes échangèrent une nouvelle poignée de main, et Benjamin Rozes se dirigea vers sa confortable maison.

A cette heure, la ville déjeunait, fenêtres ouvertes, et des éclats de rire, des conversations, un cliquetis gai accompagnaient M. Rozes.

vous prie... Et veillez à lui donner

— Voilà des gens heureux! pensait-il.

Son mal lui apparut datant de loin déjà; une mélancolie pleureuse s'emparait de lui, l'apitoyait sur son propre sort. D'ailleurs son estomac criait famine, appauvrissait encore la misère de ses idées; et il se rappela une de ses filles, morte à la fleur de l'âge. Alors il fut tout-à-fait malheureux, parcourut sa vie, enchaîna des mésaventures passées à des tourments véritables, s'entoura des cadavres de sa famille. Quand il faisait son droit, jadis, à la faculté de Douai, n'avait-il pas échoué une première fois à chacun de ses examens? Une couturière, son unique passion d'étudiant, s'était joué de lui pendant quinze mois, avait failli

le cribler de dépenses. Son mariage,
retardé par une entorse, lui revint
en mémoire. Des saignements de
nez avaient compromis son adoles-
cence ; il était une victime des élec-
tions municipales. Certes ! le destin
devait lui en vouloir, car aujour-
d'hui, malgré sa dette si largement
payée à la souffrance commune,
malgré les quelques infirmités inhé-
rentes à l'âge mûr, pour l'achever
sans doute, voici qu'un tœnia, non
pas un tœnia vulgaire, mais un
bothriocéphale s'occupait de le dévo-
rer. Et peu à peu, inconsciemment,
accablé, vieilli par ses pensées,
M. Rozes se mit à traîner la jam-
be, à s'appuyer d'un bras plus lourd
sur sa belle canne en jonc luisant.

Le soleil prenait la rue en lon-

gueur, surchauffait les maisons,
rôtissait le ventre de l'ancien notaire, tandis que devant lui, à une
cinquantaine de mètres, rabougri et
noir, l'hôtel de ville, jeté sur les
pavés comme un pont couvert sur de
l'eau, semblait trop pesant pour sa
voûte pleine de lumière. Des hiron-
delles, à tout moment, la traver-
saient avec des cris.

Cependant, de loin, M. Rozes
aperçut sa maison dont les bri-
ques rouges, les volets nouvellement peints, éclataient comme une
preuve de richesse tranquille, et il
se calma. Une chose le tarabustait
bien encore : comment savoir les
goûts du bothriocéphale? mais un
appétit désordonné lui fit juger pru-
dent de manger le plus tôt possible.

M^me Rozes l'attendait. Au récit du fatal événement, elle fondit en larmes. Le déjeuner fut maussade, les mets pleins d'amertume.

Et ce jour-là, pour la première fois depuis dix ans, on ne vit l'ex-notaire, ni à la gare, à l'heure des trains, ni au cercle, à midi et demie sonnant, ni à trois heures chez son gendre, maître Perrin, ni à quatre heures précises, en train de pêcher à la ligne, sous ses peupliers, dans sa petite propriété du bord de l'eau, ni sur l'Oise, à cinq heures, dans sa barque.

Le spleen tenait Benjamin Rozes. M. Coquidé, dont Pédoussault avait épousé la fille, lui avait pourtant dit, une semaine auparavant : mon gendre sera de l'Académie de médecine! mais l'ancien notaire avait beau ruminer cette phrase, elle ne parvenait point à le distraire : son bothriocéphale était triste.

## II

ROIS fois les pendules son-
nèrent dans le silence de
la maison. L'horloge de la
cuisine commençait, lointaine, avec
timidité ; d'autres voix lui répon-
daient, au premier étage, à l'entre-
sol, puis cela se terminait par un
charivari clair.

Cependant, maître Rozes, échoué
sur un coussin, au fond de son
grand fauteuil en tapisserie, somno-
lait, languissait, s'attristait de plus
en plus, de temps à autre poussait
un soupir caverneux. Une mèche de
sa chevelure correcte lui glissa vers

l'œil, il ne la releva point. Qu'allait-
il arriver?... Pédoussault parvien-
drait-il à déloger la bête?

L'avenir s'annonçait impénétra-
ble.

Des sueurs froides couvraient le
brave homme à la pensée que, ma-
ternellement, il portait dans ses
entrailles, comme les femmes en-
ceintes, un être, quel être! nourri
par lui, vivant par lui, grâce à
d'étranges moyens. Et il se le repré-
sentait tantôt vorace, tordu en de
folles ondulations, agitant une tête
fine, pointue, tantôt, au mépris des
plus vulgaires notions d'anatomie,
dormant en rond le long de sa co-
lonne vertébrale, ainsi que jadis il
avait vu des serpents entrelacés
à des branches, à Paris, derrière

les vitrines du Jardin des Plantes.

M^me Rozes ne savait à quelle sainte se vouer. Mince, pâle, coiffée de bandeaux plats, le nez bouffi, serrée dans une robe de cachemire grenat, elle contemplait son mari dont l'attitude était navrante.

Jamais, au grandissime jamais, dans le pays, jusqu'à ce jour, un ver solitaire n'avait osé s'attaquer à un homme considérable et considéré comme l'était M. Rozes ; pourquoi donc une pareille violation de terri-toire ? N'avait-on pas le meilleur boucher de la ville, un philtre per-fectionné, des légumes choisis entre tous, mille habitudes de propreté ? Les consommations du cercle où Benjamin, chaque après-midi, pre-nait un verre de bière, ne venaient-

elles pas d'une excellente maison?
Quel restaurant pouvait se vanter
d'avoir vu M. Rozes depuis.... depuis....

Et M^me Rozes entamait déjà un
maigre calcul, quand une inquiétude
lui traversa l'esprit : le ver solitaire! cela se communiquait-il?....

Plusieurs frissons la parcoururent,
mais un coup d'œil jeté en arrière
sur trente ans d'affection réciproque
fit envoler cette fumée d'égoïsme.

Le salon où on s'était retiré, le
déjeuner fini, un salon où les visites
pénétraient seules, avait un aspect
aventureux, grâce à son parquet
dont les lames cirées à outrance,
malgré l'épaisseur des volets fermés,
luisaient comme de la glace. Dans
un coin, sous une housse, un piano

ressemblait à un catafalque. Deux
tapis neufs, l'un devant la cheminée,
l'autre aux pieds d'un antique bahut,
rappelaient vaguement l'Orient, ses
marchandises à vil prix. Un canapé,
quelques fauteuils, six chaises se
morfondaient le long des murs ; et
juste au centre d'une table à trois
pieds, ornée d'un marbre, entre des
albums de photographie : celui des
étrangers, celui de la famille ! un
palmier nain attaqué de névrose se
dépêchait de vivre au-dessus d'un
cache-pot trop petit, badigeonné de
fleurs champêtres.

Un tel affaissement chez un ancien
notaire, son mari, homme d'humeur
égale, stupéfiait M^me Rozes, la laissait rêveuse.

— Benjamin, à quoi penses-tu, demanda-t-elle tout-à-coup.

Lui, la tête pleine de tourments, tracassé par une légère douleur du côté de l'estomac, poussa un nouveau soupir, répondit :

— A rien... je me contente de souffrir.

Puis il ajouta, la voix creuse :

— J'ai un bothriocéphale!... à mon âge!... moi! N'est-ce pas ridicule?

— Mon Dieu, murmura la bonne dame, comme tu te fais de la bile !

Sous les fenêtres du salon, à chaque instant, des voitures, des charrettes passaient avec fracas, mais les curiosités de M. Rozes ne suivaient plus leurs pérégrinations sur les chemins poussiéreux, dans les paysages connus ; et il n'évoquait ni le visage des voyageurs, ni le grand fouet sautillant des cochers, ni le cahotement des capotes secouées par les vieux ressorts des guimbardes.

— Mon pauvre Benjamin !... mon pauvre Benjamin ! répétait M^{me} Rozes.

De l'ennui tombait des corniches, emplissait l'atmosphère du salon ; M^{me} Rozes bâillait derrière sa main. Le tic-tac de la pendule, sur la cheminée, allait un train d'enfer, et parfois semblait sortir des lampes à ses côtés, parfois du piano, parfois d'une chaise, toujours la même.

— Tu devrais te secouer un peu, Benjamin.

— Me secouer !... me secouer !... grogna M. Rozes... si tu crois que je suis en train de me secouer!

Il se leva pourtant, se mit à marcher les deux mains sur son ventre, au fond de ses poches, et le bruit de ses pas dans la pièce close apportait de la diversion à ses pensées.

Quelque chose, un cordon de sonnette! soudain rappela au notaire le morceau de ver négligé pour les tourments de l'heure présente; comme à tous les esprits impressionnables et plats, l'idée de le conserver lui apparut.

— De l'alcool! fit-il.

Puis s'adressant à sa femme:

— As-tu de l'alcool?

— Non, mon ami, mais Suzanne pourrait aller en chercher. — Pourquoi faire?

— Parbleu! pour conserver ça.

Et il prit son mouchoir, l'étala encore, mais cette fois très-complaiamment, avec l'arrière-satisfaction d'effrayer sa femme, et l'âcre plaisir d'un malade déjà ancien, qui peut toucher sa maladie du doigt.

— Tiens! s'écria-t-elle, on dirait du macaroni.

Cette manière d'envisager son tœnia blessa M. Rozes.

— Oui, répondit-il, séchement.

Elle le considéra, l'œil abasourdi, mais ne sachant que penser, craignant aussi d'avoir lâché une bêtise, de ne pas trouver de mots assez forts pour exprimer la sincérité de sa commisération, elle se dirigea vers la porte, balbutiant:

—Je vais envoyer Suzanne chez le pharmacien.

Benjamin Rozes l'arrêta.

— Pas Suzanne, dit-il.... Suzanne est bavarde... Elle irait tout raconter. Mon bothriocéphale a vingt pieds de long... Pense donc ! si on allait savoir.

— Alors, quoi ?

— Du cognac fera l'affaire, décida Benjamin. Il vaut mieux sacrifier une bouteille de cognac.

M<sup>me</sup> Rozes se dépêcha vers la salle à manger. D'incommensurables reptiles peuplaient son imagination; elle les voyait s'élancer, puis se tordre dans des blancheurs lumineuses.

Quand elle fut devant le buffet, elle l'ouvrit lentement, choisit une bouteille à moitié vide, avisa un pot de confiture dont les facettes bien

nettoyées brillaient à l'ombre d'une
étagère, et revint au salon, ses trou-
vailles à la main.

Maître Rozes, debout, continuait
à inspecter le fruit de ses entrailles.

— Me voilà ! fit M^{me} Rozes.

Elle déboucha la bouteille et ver-
sa le cognac dont le parfum se ré-
pandit, capiteux, dilatant les narines de M. Rozes. En ménagère
savante, la brave dame sentit se
réveiller tous les instincts d'écono-
mie épars dans son système ner-
veux.

— Du si bon cognac ! dit-elle
tristement, c'est dommage !

Benjamin ne l'entendit pas ; la
face attentive, déjà penché au-dessus du pot de confiture, avec adresse,
il s'occupait à faire glisser hors de

son mouchoir le morceau de tænia.
Celui-ci résistait, presque sec à
cause de la chaleur, mais la persé-
vérance du notaire en eut raison,
et il tomba dans le liquide, en un
petit paquet qui fit sauter des gout-
tes. Les manchettes si impeccables
de M. Rozes en furent maculées.

Alors on s'approcha de la porte
de la salle à manger restée ouverte,
et là, dans la traînée de lumière que
d'épais rideaux blanchissaient encore, le bocal s'éleva au milieu d'un
silence grave.

Le cognac scintillait piqué d'or,
le morceau de tænia prenait des proportions plus larges, et il ressemblait à ces serpents que les marins
apportent de très loin, au fond d'é-
tranges flacons pleins d'eau-de-vie.

Ce rapprochement surprit M. Rozes lui-même ; il en vacilla sur sa base. Ses intestins lui apparurent furieusement carminés, tels que les planches d'un livre de médecine lui en avaient montré jadis, un soir, chez le docteur Coquidé, et il vit son pauvre diable d'abdomen percé à jour par les voracités du bothrio-céphale.

A cette minute, la sonnette se mit à cabrioler dans l'entrée de la maison, comme prise de folie ; elle tin-tinnabulait d'abord, pareille à une clochette d'église, puis brusquement s'enlevait, se cognait, se renversait avec un carillon enragé.

— Encore Jeanne qui fait des siennes ! dit Mᵐᵉ Rozes.

— Oui, accentua le notaire, tou-

jours cette petite imbécile !... je vais
lui donner un bon soufflet.

— Oh! Benjamin, tu ne feras pas ça.

Mais Suzanne, la cuisinière, venait d'ouvrir la porte, et assourdie
par la distance, par les obstacles à
traverser, une voix d'oiseau légère
et flûtée demandait :

— Grand-père est là ?

— Oui, mademoiselle Jeanne...
Vous savez bien qu'on vous a défendu
de sonner si fort.

— J'avais oublié, se contenta de
répondre la gamine, et elle riait.

M. et M<sup>me</sup> Rozes passèrent dans la
salle à manger, fermèrent à clef
derrière eux la porte du salon, attendirent. Alors leur petite fille entra,
la frimousse mignonne, ses cheveux
blonds retenus au sommet de la

tête par un ruban. Elle avait six ans; un tablier jaune soutaché de rouge garantissait sa robe, et au-dessus de chaussettes gros-bleu, on apercevait ses mollets grêles, brunis par le soleil. Comme elle se sentait fautive, elle se montra gentille, pateline, embrassa ses grands parents avec une explosion de tendresse. M. Rozes n'eut même pas le courage de la gronder.

— Jeanne, tu vas tâcher d'être sage, n'est-ce pas? dit M^me Rozes. Ton grand-papa est malade.

— Ah! fit la petite.

Puis après un moment de réflexion :

— Pourquoi n'est-il pas couché? quand on est malade, on se couche.

Et sautant à une idée plus amusante, elle ajouta :

— Je vais voir les poules.

M. et M<sup>me</sup> Rozes la suivirent. Ils traversèrent un vestibule dont les dalles semblaient pommadées, n'avaient pas une éraflure, et débouchèrent dans une cour soigneusement entretenue où, au pied d'une muraille tapissée de lierre, sous un coup de soleil aigu, dominant une minuscule pièce d'eau peuplée de poissons rouges, quelques rochers de tournure artificielle, çà et là, se hérissaient piqués de fleurs et de feuillages aquatiques en zinc. L'ex-notaire en avait trouvé l'ordonnance, et ce coin était sa gloire ! mais un accès de délicatesse, accès maladif sans aucun doute, lui révéla brutalement la mesquinerie de sa conception.

— Jeanne, ne tourne pas la manivelle, cria-t-il, Jeanne, veux-tu bien finir?

Bast! il était trop tard. Des hauts lys violacés, du cornet d'argent des arômes, de la coupe crênelée des nénuphars, de la pointe verdâtre de certains boutons s'échappèrent avec un murmure gai des fusées d'eau qui montaient pareilles à des aigrettes, se croisaient comme les épées d'une panoplie, scintillaient, se laissaient choir en cascades; tandis que sous les rides et les figures du lac embryonique, les poissons rouges ivres de joie se livraient à des écarts désordonnés.

L'enfant battit des mains.

— Vois-tu, grand-père.... ils sont contents.

Dégoûté de la vie, Benjamin Rozes donna un tour à la manivelle, et les eaux tombèrent, s'entourant d'une dernière fraîcheur.

La petite fille demeura très-sotte, avec des envies de pleurer qui lui faisaient trembler les lèvres.

Contre la maison, trois grenadiers, plusieurs lauriers-roses, dans des caisses nouvellement peintes, étaient rangées en bataille ; debout sur un fouillis d'arbustes, au bout de la cour, une barrière plantée en un mur bas, séparée en deux par une porte, permettait d'apercevoir une corbeille de géraniums roses, et plus loin, la tige vermeille d'un ricin à larges feuilles.

— Allons, Jeannette, viens voir les poules, dit M^{me} Rozes.

Elle entraîna l'enfant.

Aussitôt seul, Benjamin jeta un coup d'œil circulaire à ses plantations. Tout se tenait à sa place : aucune main n'avait encore profité de sa maladie pour essayer quelque changement. Il lui sembla cependant que sa femme venait de lui manquer d'égards. En effet, pourquoi l'avait-elle quitté? Ne le savait-elle pas mal à son aise, tourmenté?

Elle n'était pas loin, il est vrai, puisque de la cour où il se trouvait, on entendait la voix calme de M^{me} Rozes, les jacasseries de l'enfant. Alors pris d'oisiveté, les cuisses lourdes, machinalement, selon sa vieille habitude, il roula sur ses pieds, de la pointe au talon, considérant la boule de verre qui étincelait comme un fruit merveilleux au sommet du kiosque où il logeait ses poules ; et petit à petit, ses pensées l'abandonnèrent. Elles s'enfuirent d'abord sur l'acacia d'un voisin, puis disparurent pareilles à une volée de moineaux.

A leur retour, M. Rozes se sentait tout gaillard ; on eut dit que le soleil avait assaini ses vieilles chairs, rendu de l'élascité à ses membres. L'envie lui vint de fumer un cigare, un des cigares de la boîte qu'il n'offrait jamais, un de ces cigares dont la fauve nuance avait le talent de le réjouir, et qu'il n'eut pas fixé au coin de sa bouche avant de se l'être passé sous le nez à différentes reprises. Oui, mais le bothriocéphale!... L'ancien notaire haussa les épaules.

Somme toute, maintenant, malgré ses craintes, malgré ses ennuis récents, malgré la maladie dont il était sûr, il se supputait fort tranquille, le ventre reposé, la tête badine. Tant pis pour l'animal, pensa -t-il. Et il alluma son havane.

Les premières fumées qu'il en dégagea lui causèrent un bien-être intense. Il fit quelques pas, se retourna et aperçut ses rocailles ornées de leurs plantes raides ; elles ne lui semblèrent plus vilaines. Décidément il renaissait.

L'après-midi était magnifique ; le ciel d'un bleu de turquoise s'étendait limpide sans nuées vagabondes,

A l'entrée du jardin, une touffe d'héliotropes s'entourait de parfums. M. Rozes les huma délicieusement mêlés aux émanations de son cigare. Un tænia! un tænia!... eh bien, oui, un tænia!... la belle affaire! Est-ce qu'on mourait de ces choses?... Ce brave Pédoussault allait lui enlever ça comme on arrache une dent, et tout serait dit... Parbleu!... Pas mal serin encore un joli cœur qu'il connaissait de s'être occupé d'une pareille vétille?

Une satisfaction rédondante épanouissait la face du notaire. D'un geste il ramena son collier de barbe en avant, loucha pour le mieux voir; aucun poil trop long ne le déparait.

La fenêtre de la cuisine était béante, il s'en approcha.

— Eh bien, Suzanne, demanda-t-il en se frottant les mains, que mangerons-nous ce soir?

Suzanne se retourna. Elle venait de soulever le couvercle d'une casserolle, et un jet de fumée blanche s'échappait, montait en s'élargissant.

— Tiens! c'est vous, monsieur?... Je vous croyais avec madame.

Benjamin réitéra sa question, mais la cuisinière ne voulut pas y répondre.

Alors, la bouche grasse de salive à la pensée qu'on lui ménageait une surprise, Benjamin Rozes s'en fut vers le jardin. Ma femme aura passé par là, pensait-il; elle m'a vu malade... je suis un peu gourmand!... J'aurai un dîner selon mes goûts.

De nouveau inquiet au sujet de sa

tenue, tout en marchant, il s'exa-
mina des bottines jusqu'à la poitrine : pas le moindre duvet ; le débraillé des heures précédentes l'avait
laissé intact. Il descendit les marches de son jardin, promena un lent
regard sur sa propriété, des capu-
cines aux géraniums, des œillets aux
zinias, des verveines aux glaïeuls.
D'une chiquenaude il jeta par terre
une chenille en train de lui déchi-
queter les feuilles d'un rosier. Le
sable de l'allée craquait sous ses
bottines. En cotoyant la vigne, tout
haut, il dit :

— Nous aurons du raisin, cette
année.

— Espérons-le, s'écria M^me Rozes, au bout du jardin. Nous en
avons eu si peu l'année dernière.

Benjamin la rejoignit, l'œil telle-
ment radieux, le cigare si cavalière-
ment dressé qu'elle le fixa, très-
étonnée.

— Ah ! ah ! fit-elle, ça va donc
mieux ?

Lui, par manière de plaisanterie,
lui lança de la fumée au visage.

Elle se mit à tousser, riant, suffo-
quant.

— Est-ce bête ! tu sais bien que
je n'aime pas le tabac.

— Grand-père, fais-moi la même
chose, dis, fais-moi la même chose,
cria la petite Jeanne enthousiasmée.

Elle s'était jetée sur l'ex-notaire,
lui avait saisi les mains, et sautait,
sautait comme si du caoutchouc,
sous ses bottines, l'obligeait à re-
bondir.

Benjamin Rozes recommença le manége, mais l'enfant toute crispée finit par demander grâce, et l'entraîna vers la volière.

Des poules, un coq de Cochinchine becquetaient des épluchures ; quelques pigeons sur leurs perchoirs sommeillaient ou se lissaient les plumes.

— Veux-tu me la donner, ta volière, dis, grand-papa ? demanda Jeanne.

Elle avait des cils presque blancs, fort longs ; Benjamin les remarqua.

— Oui, ma mignonne, répondit-il... Tout ça est à toi... Je te donne tout : le coq, les poules, les pigeons.

— Et tes lapins, tu me les donnes aussi ? demanda-t-elle encore, enhardie par son premier succès.

— Oui, les lapins! même celui qui a des yeux rouges, tout.., tout! mais à une condition...

— Laquelle?

— C'est qu'ils resteront ici.

Il eut une bonne grosse joie, tandis que la fillette le regardait, un peu désappointée. Et il l'embrassa.

Derrière eux, à l'ombre d'un sorbier dont les baies étaient mûres, un banc les invitait à s'asseoir. Tous s'y casèrent.

— Cocoorico! chanta le grand coq, les ailes déployées, la crête haute.

La chaleur du jour commençait à s'évaporer. On ne se parlait plus, l'âme plongée dans une extase médiocre. Le ciel avait des teintes orangées çà et là mêlées à de délicates brumes grises; de la placidité montait du jardin, des ruelles environnantes.

— Hou ! fit brusquement M. Rozes.

Sa femme et Jeanne tressautèrent. Lui, éclata de rire. Le bothriocéphale, parait-il, avait changé d'humeur. Et Benjamin riait encore, la bouche large, secoué par une quinte qui froissait son gilet, quand les Perrin, mari et femme, se présentèrent à l'entrée du jardin.

Maître Perrin, le gendre des époux Rozes, notaire aussi, mais de taille irrespectable, se pavanait dans un veston d'alpaga. Le chef coiffé d'un chapeau de paille à bords plats, à large ruban, il possédait un pantalon de coutil, si collant que les tiges de ses bottes se laissaient deviner, couronnées d'un cercle cras-

seux. Une paire de favoris, le long
de ses joues, paraissait être du fil
de fer, avoir été fixée là par les
mains limailleuses d'un serrurier.
M^{me} Perrin, plus grande que son
mari, le nez osseux, portait une
robe à pois obscurs sur fond blême,
des mitaines en filoselle.

— Vous êtes là, demanda-t-elle?

Trois voix, sur trois timbres différents répondirent :

— Oui.

— Ne vous dérangez pas.

On allait se joindre ; maître Perrin, jusqu'alors somnolent, se précipita.

— Eh bien, lança-t-il, que vient-on de nous raconter!... Est-ce vrai?

— Quoi?

— Vous avez le ver solitaire?

Benjamin Rozes devint pâle.

— Comment, vous savez? .. déjà?

— On vient de nous l'apprendre.

— Qui?

— Mon premier clerc.

— Oh!... c'est trop fort, souffla Benjamin... C'est trop fort!

Il étouffait de colère.

— Où diable! votre clerc a-t-il pu savoir ça?

— Par la buraliste.

— De plus en plus fort!... Me voici dans de jolis draps!

Et comme la petite Jeanne, les yeux écarquillés, demandait :

— Un ver solitaire, qu'est-ce que. .

Benjamin Rozes lui coupa la parole.

—Quelqu'un m'aura entendu chez

Pédoussault, beugla-t-il... C'est certain !

A présent des larmes lui envahissaient les cils.

— Oui, bien sûr, quelqu'un m'aura entendu, répéta-t-il plus doucement... Je suis la fable de toute la ville.

Et, navré, il s'abattit sur le banc. L'idée d'accuser Pédoussault ne lui venait pas.

— Voyons, mon père,... fit madame Perrin.

Puis elle se tut, incapable de consolations.

Au loin, une caille chantait. Contre le groupe en proie aux mensonges des mélancolies, un vent léger balançait les fleurs de neige d'un arbuste.

— Rentrons, dit M. Rozes.

Tous rentrèrent à la queue-leu-leu. A peine dans le salon, Benjamin fondit en pleurs.

Et pourtant, sur la table, au fond du pot de confiture, sous les feuilles pleureuses du palmier, déjà, reposait un fragment de son bothriocéphale. — N'importe !

— Laissez-moi seul, s'écria-t-il... Vous m'assommez tous à me regarder ainsi. J'ai besoin de rester seul.

Alors, sans tergiverser, habituée par tempérament aux exigences, aux vexations, à la maussaderie des malades, comme elle était venue, la famille se retira.

## III.

E fait est que chacun, à présent, dans la petite ville, connaissait l'accident de M. Rozes.

Comment? Pédoussault aurait pu le dire, mais mieux encore le père Coquidé, un vieillard sec et long comme une allumette, un vieillard dont la face exsangue était ornée de narines prodigieusement bourrées de tabac.

Lentement, le cou cerclé de soie marron, à l'heure où Benjamin abattu par sa première consultation regagnait son domicile, le vieux

docteur avait ouvert la porte du
jardin de son gendre, et, après quelques tours et détours parmi les
fameux poiriers, après un coup
d'œil jeté aux tomates, il était venu
s'inviter à déjeuner. Tantôt chez
l'une, tantôt chez l'autre, les deux
sommités médicales du pays se
réunissaient et, le ventre à table,
se plaisaient à causer des choses du
métier, toujours d'accord, toujours
on ne peut plus satisfaites et fières
de leur savante ignorance. Ce fut
en plongeant son couteau dans la
graisse d'un succulent pâté de
canards que Pédoussault confia au
père Coquidé le secret de M. Rozes.

Rien ne pouvant stupéfier Coquidé,
il ne s'étonna point.

— Tant mieux ! Rozes est un pin-

gre, proclama-t-il seulement... Je
ne l'ai jamais vu indisposé.

Puis le nez pincé entre ses doigts,
au fond d'un large foulard à car-
reaux jaunes, il ajouta d'une voix
bizarre :

— Il faut le saigner à blanc.

Ce disant, il se moucha trois fois
avec des bruits de trompette.

— L'important, reprit-il en s'es-
suyant,... pour nous autres médecins de campagne, est de lanterner
la clientèle ; sans lanterneries, pas
de foin dans nos bottes... Lanterner!
tout est là... Ça ne fait de mal à
personne, le plus souvent,... et nous
voyons venir les maladies, ce qui
est un avantage!

Pédoussault ne répondit pas,
mais il se frotta les mains ; il parta-

geait au plus haut degré l'opinion
de son beau-père. D'ailleurs il devait
tout au vieux praticien : sa femme,
pour le moment aux bains de mer,
sa position ! et par conséquent le
plus profond respect. Il était même
allé jusqu'à lui pardonner un vice
impardonnable que celui-ci s'était
acquis depuis plusieurs années :
l'ivrognerie !

En effet, Coquidé, dont la sobriété
avait été jadis proverbiale, en très
peu de temps, depuis la mort de sa
femme, était devenu un buveur
fieffé ; lucide, le matin, il flambait
comme un jeune homme, s'épanchait
l'après-midi en de sinistres et folles
gaîtés de médecin, et cela se terminait le soir par un ahurissement
doux.

On ne l'invitait plus à dîner, mais
il se consolait en déjeunant le plus
souvent possible avec son gendre.
Ils mangèrent un bifteck aux pom-
mes soufflées, des flageolets, une
forte salade de cresson, chacun une
tranche de marolles gras ; ils burent
du pomard, sirotèrent du café très
noir, l'arrosèrent d'un rhum ancien
de la Martinique. Quand on se leva
de table, selon sa seconde habitude,
Coquidé était gris ; alors il quitta son
gendre, et, le chapeau sur l'oreille,
se dirigea vers l'unique cercle de la
ville.

Cet établissement prospérait, éta-
bli depuis peu sur la place de l'église,
et son possesseur, jadis Lacapelle,
aujourd'hui Monsieur Lacapelle s'ar-
rondissait à vue d'œil. D'ailleurs, il

était perruquier, marchand de parfumeries.

—Eh bien, quoi de neuf? entendit crier Coquidé, au moment où il abandonnait la voûte de l'hôtel de ville.

L'ivrogne leva la tète, et aperçut le principal horloger du bourg, un énorme gaillard à longue barbe, sergent des pompiers, bavard et menteur comme un enfant. Assis à califourchon sur une chaise, à la porte de sa boutique, celui-ci fumait sa pipe au soleil, sans paletot, le gilet débraillé, en compagnie d'une chienne griffon blanc et orange dont la gueule haletait et dont les mamelles pendantes s'aplatissaient sur le trottoir.

Les deux hommes se saluèrent.

— Un joli temps !

— Superbe.

— On aura beau dire, ça fait du bien.

— Sans doute, fit Coquidé.

— Vous venez de chez M. Pédoussault ?

— Tout juste.

— Les affaires ?

— Malades.

—Tant mieux pour les médecins ! proclama l'horloger. Et il se caressa la barbe, tandis que Coquidé ricanait de la plaisanterie, montrait ses dents jaunes de vieil écureuil.

— Hé ! hé ? c'est donc drôle ?

— Non, répliqua Coquidé, seulement, je m'amusais en pensant à M. Rozes.

— Pourquoi ?

— Il a le ver solitaire.

— Allons donc !

La nouvelle réjouissait l'horloger, lui dilatait la face, et comme Coquidé lâchait un rire incisif, à son tour il éclata en un gloussement qui enflait sa bedaine.

— Au revoir, dit Coquidé, pris de soif, on m'attend au cercle.

Et il n'avait pas encore tourné le coin de la grand'rue, quand l'horloger, tel qu'il était, la démarche lourde, sa pipe comme piquée dans sa barbe, se dirigea vers une maison voisine, afin de raconter la chose. Péniblement, à cause de la chaleur, sa chienne se leva et le suivit.

Près du cercle, Coquidé perçut un tapage de voix, un bruit fêlé de billes sur un billard ; il pressa le

pas, traversa le magasin de !parfu-
merie, entra dans une grande salle
où une vingtaine d'individus étaient
éparpillés debout, assis à des tables.

— Ah! ah! voici M. Coquidé,
cria-t-on de toutes parts.

Lui, dès la porte, s'était confec-
tionné un air lugubre , se ména-
geant un effet avec le bothriocéphale de Benjamin Rozes.

— Bonjour, fit-il.

A la ronde, on lui distribua des
poignées de main, mais il demeurait
imperturbable. Quelqu'un finit par
s'en inquiéter.

— Eh bien, quoi?... ça ne va donc
pas?

— Monsieur Rozes a le ver solitaire, proclama Coquidé...

— Le ver solitaire ?

La nouvelle parcourut le cercle.
— M. Rozes!... le ver solitaire!...
Durant plusieurs minutes on n'entendit que ces mots. Ils dominaient
les conversations, s'élançaient d'un
bout de la pièce à l'autre, se glapissaient, se chantonnaient, s'envolaient dans les fumées du tabac,
allaient se noyer au fond de certains
breuvages.

Certes! en temps ordinaire, un
pareil trouble, jeté dans les entrailles
du premier venu, n'aurait ému personne ; mais cette fois, il fallait
l'avouer, le hasard facétieux avait
su choisir sa victime. Quelle tuile
pour Benjamin Rozes!... pour ce
diable de bonhomme Rozes si propret, si méticuleux, si facile à
troubler ! La situation apparaissait

à chacun sous son véritable jour :
irrésistiblement comique. Malgré
la médiocrité du milieu, comme
toujours, au spectacle d'une farce
réussie , on riait, et comme toujours aussi, quand la farce n'est
pas seulement un spectacle, de la
méchanceté couvait sous les rires.
Quelque chose encore chatouillait
la gaillardise du cercle, c'était le
côté malpropre de la maladie.

Pourtant, petit à petit, la grande
salle reprit son aspect tranquille.
Elle était très longue, tendue d'un
papier jaunâtre à dessins verts, et
le jour l'envahissait par cinq fenêtres
dont trois sur la rue, deux sur un
clos où une chèvre paissait, entre
des pommiers.

Un billard invalide, éraflé de coutures et de lignes crayeuses, achevait de s'y délabrer, et tout autour, appuyées contre les murs, des tables en marbre noir, à égale distance les unes des autres, poissées de ronds luisants, donnaient à cet endroit affublé du nom de cercle l'aspect navrant des salles de cabaret.

Deux joueurs tenaient le billard : le premier, maigre, avec un gros ventre, la mine d'un putois en mal d'enfant, le second solide et tumultueux, si robuste que le meuble craquait sous lui quand un coup allongé l'obligeait à se vautrer sur une bande.

— Rrran! ça y est!... une vraie boîte à musique! criait alors un petit être maflu, en train de jouer au piquet.

L'hercule partait d'un rire bruyant, terrible, d'un rire à faire danser les verres sur les tablettes d'un buffet. Et de temps en temps, selon la position des billes sur le tapis vert, on l'entendait proclamer : Vive la ligne !... Les lunettes au grand père ! — ou bien encore: Les amoureux, faut que ça s'colle!

Sans cesse il s'approchait de la même table, saisissait une chope, la vidait d'un trait, poussait un rugissement de satisfaction.

—A la santé de M. Rozes, disait-il.

La bière tombait dans son estomac avec un bruit mou.

— Garçon, une autre chope !

On le servait immédiatement.

Coquidé allait de groupe en groupe, buvait aussi, parlait et reparlait du ver solitaire, en faisait un reptile parfois indestructible. Pédoussault, s'il avait entendu son beau-père, n'aurait pu s'empêcher de le serrer dans ses bras.

Les billes du billard cliquetaient ; certains individus s'abrutissaient en d'interminables parties de cartes ; des gens ennuyés prenaient leurs chapeaux, sortaient, revenaient, puis ressortaient encore, et la sonnerie du magasin, à chaque instant, démontrait aux plus incrédules que le commerce était prospère.

Ce soir-là, dès six heures, le cercle fut vide, et la maladie de Benjamin défraya les curiosités ; d'ailleurs l'horloger avait colporté la nouvelle, l'avait même si bien agrémentée que, à cette heure, M. Rozes, en proie aux appétits de mille vers, ressemblait à un fumier, après la pluie. Les oreilles du pauvre homme devaient lui tinter. — En tout cas, il n'était pas à la noce.

Son dîner achevé, il avait gagné son lit, laissant sa fenêtre entr'ouverte ; mais comme l'épicerie Wathier-Museux s'ouvrait devant sa porte cochère, il entendait un vacarme peu habituel, un concert de voix exaltées qui lui fendillait l'âme.

La nuit tomba, l'atmosphère de la rue se fit silencieuse ; petit-à petit, tout entier à un assoupissement tiède, Benjamin Rozes vit s'évanouir les formes éparses dans sa chambre. L'allumeur de réverbères passa ; sa perche grinçait contre la

targette des becs de gaz ; et soudain,
un coup de lumière s'enleva, vint se
plaquer sur la tapisserie, au bout
des rêves de l'ex-notaire. Les clo-
ches de l'église, au loin, annonçaient
une mort ; des bruits montaient de
la maison, des bruits qui cessaient
avec tranquillité, laissant autour du
malade on ne sait quel vide
ennuyeux. Benjamin, pelotonné
entre ses draps, gisait sans forces,
sans volonté. Rien ne lui souriait
plus ; il se sentait inerte, et sa
pensée flottait en proie à de pro-
fondes lassitudes, roulée comme
une épave, apathiquement endolo-
rie, mais agacée cependant. Benjamin Rozes compta les plis de ses
rideaux ; il y en avait trente-deux ;
une manie de compter toute chose

l'envahissait .. Un, deux, trois, quatre... quatre et quatre font huit... Il compta les bouquets de fleurs assombris sur le papier teint de ses murailles .. Tic-tac, tic-tac... chantait la pendule... Il compta les va-et-vient secs du balancier;... puis les pieds tordus des chaises debout sur le parquet plein de reflets métalliques; il compta ses dents, les dîners où, depuis six mois, on l'avait invité, et plus il comptait, plus sa tristesse devenait poignante, l'énervait misérablement.

Cependant des cris lui parvinrent; ils s'élançaient du faubourg le plus éloigné, se rapprochaient.

— Tiens!.., un incendie! pensa M. Rozes.

Mais aucune caisse ne battant le rappel, il se leva en chemise, alla entr'ouvrir une fenêtre. Des pressentiments agitaient sa poitrine; une curiosité nerveuse l'incitait. D'un regard il parcourut la rue en longueur Dans le jour qui s'obscurcissait de plus en plus, les becs de gaz brulaient avec des clartés pâles, La voûte de l'hôtel de ville semblait très profonde, et soudain, dans un tapage ¸perçant, elle vomit une cohue de galopins qui arriva comme une trombe.

— Ah ça, finirez-vous votre vacarme, tas de moutards? beugla quelqu'un. Qu'est-ce que vous traînez là?

— Le ver de M. Rozes, répondit un enfant.

Du coup l'ex-notaire apparut à sa fenêtre, se pencha tout entier, brandissant son poing, criant d'une voix stridente :

— Petits misérables !... petits misérables !

Le groupe s'éparpilla, disparut, pareil à une nuée de chauves-souris.

Benjamin regagna son lit ; une colère froide le secouait.

— Mon Dieu ! fit-il.

Et il appela :

— Louise !... Louise !

Sa femme ne tarda pas à venir, une lampe à la main, calme, le ventre éclairé par le rond de lumière de l'abat-jour.

— Tu as besoin de quelque chose ?

— Non, répondit-il ; viens te coucher.

M^me Rozes déposa la lampe sur la table de nuit , et sans étonnement, jadis élevée en vue de toutes les soumissions, elle se déshabilla, enfouit ses cheveux sous un bonnet à ruches, enleva ses bottines, roula sur ses jarretières jusqu'aux chevilles ses bas, qu'elle déposa sur une chaise.

Ses épaules étaient maigres ; elle dégrafa son corset, pudiquement mit une chemise de nuit et se dirigea vers le lit conjugal.

— Fais-moi de la place, Benjamin.

Il recula, maussade, après avoir éteint la lampe. Le sommier craquait.

— Il faudra le faire arranger, dit-elle.

— Bonsoir, fit Benjamin.

— Bonsoir.

Ils s'embrassèrent. M^{me} Rozes pria Dieu pour ses enfants, puis s'endormit.

Le sommeil emporta aussi Benjamin Rozes, mais il ne fut pas long à s'éveiller, mouillé de sueur, un tremblement aux reins. Un cauchemar lui montrait un être famélique, étendu contre lui, putride et rongé ainsi qu'un vieux vêtement. Toute la nuit, des spectacles atroces le hantèrent : c'étaient des animaux armés de gueules ouvertes comme des précipices, des mains glaciales et tâtonnantes qui lui massaient le ventre, des couleuvres dont la gueule fumait. — Il eut une vision obscène, d'un cynisme que sa conscience, en aucun cas, ne pouvait admettre. Et le temps s'allongea, finit par prendre les proportions exagérées d'un siècle.

Peu à peu, pourtant, le jour parvint à blanchir les vitres devant son insomnie, à rendre aux objets leur forme connue.

A six heures sonnant, M^{me} Rozes se leva, descendit à la cuisine, attendit Suzanne, commanda le déjeuner. A huit heures, Pédoussault était là, l'œil aimable, prétendait avoir oublié Benjamin, lui ordonnait une purgation composée d'eau de Sedlitz. Un enterrement passa sous les croisées du malade : le vicaire d'abord, en surplis, la croix entre les mains; deux chantres bien nourris; des enfants de chœur; le doyen; le bedeau, un vieux à barbe de singe dont l'échine courbée s'inclinait vers la gauche, grâce au cercueil du nouveau-né qu'il portait comme un clerc d'huissier porte sa serviette. Une foule suivait : des femmes en deuil, des hommes d'aspect réfléchi, çà et là quelques enfants. Tous, sachant Benjamin Rozes atteint de maladie, jetèrent un regard sur ses fenêtres. Il les vit et sa tristesse en augmenta.

Durant cinq journées, Pédoussault purgea son client. L'ex-notaire ne quittait plus les cabinets. Il les avait accaparés, se consumait en efforts superflus, s'y adonnait à la douleur, furieux quand on venait le déranger, s'écriant d'une voix rauque et comprimée :

— Il y a quelqu'un !

On l'entendait gémir du grenier. Des morceaux de vers l'abandonnaient, se cassaient péniblement, mais la tête d'aiguille du bothriocéphale résistait à la médication. Obligé de lâcher son fauteuil, de déguerpir à chaque minute sans crier gare, Benjamin Rozes, dès le second jour de son régime, avait refusé les visites de condoléance. Ces courses continuelles le lassant, sur les conseils de Pédoussault, curieux d'examiner les fragments du ver solitaire, on installa dans la chambre à coucher une antique chaise percée reléguée depuis plus de dix ans au fond d'un débarras. — Elle infecta la maison. — Suzanne avait beau courir dans les corridors, maintenir les odeurs

sous un couvercle de sapin com-
mandé exprès, elles s'échappaient
néanmoins, s'emparaient des ar-
moires, du linge, promenaient partout leur puanteur tiède, malgré les
courants d'air, malgré les branches
de lavande que madame Rozes ne
cessait de brûler.

Benjamin s'assombrissait encore.
Les éternels bouillons gras lui sou-
levaient le cœur; il n'avalait qu'avec
dégoût les mouillettes jaunies par les
œufs à la coque. Il ne conversait
plus, ne voulait confier à personne
le soin de chercher la tête de son
bothriocéphale.

Armé d'une baguette, les lèvres
plissées, gris de fièvre, après chacune
de ses coliques, on l'apercevait fouil-
lant la cuve de sa chaise avec anxiété,

— Eh bien, demandait madame Rozes?

— Rien..., rien! répondait-il.

Il attendait la tête de son bothriocéphale, le front vide, l'œil fiévreux. Telles, après un gros temps, lorsque la houle moutonne encore, les femmes de pêcheurs consultent l'horizon.

Tout rappelait à Benjamin son malheur; les bouts de ficelle, les cordons de souliers, la longueur de quelques objets.

Un immense découragement le saisissait, avait saccagé ses sentiments familials, ses instincts de gastronomie, de bien-être, le transformaient en une machine bruyante et patibulaire comme une bouche d'égout. Et il traitait sa femme beaucoup plus mal que la dernière des domestiques.

Pédoussault en supprima les purgations.

— C'est curieux! disait-il, en se frottant le bout du nez, je n'y comprends rien!... Ce bothriocéphale est d'une ténacité!...

Il recommanda au vieux notaire de reprendre le train-train de son ancienne vie.

— Recherchez les distractions, ajouta-t-il, et mangez des viandes saignantes.

Un matin donc, après cette recommandation, agacé par l'infatigable dévouement de sa femme, Benjamin se dirigea vers sa propriété du bord de l'Oise. Ainsi que les jours précédents, le temps était

superbe, mais le bonhomme ne se
ressemblait plus. Le long de ses
jambes, son beau pantalon gris-perle
avait l'air vieillot, et sa redingote
tombait en cascades inaccoutumées.
Il marchait, la bouche mauvaise,
inquiet des rencontres à venir. Des
touffes d'herbes, au pied des murailles, ressemblaient à de la ver-
dure de cimetière. Rien n'intéres-
sait Benjamin Rozes.

Il fila devant l'église, atteignit
une ruelle en pente, descendit vers
la vallée où, dans une profondeur,
un bras de rivière bouillonnait au
soleil sous les tournoiements répétés
d'une roue mue par la vapeur. Il
cotoya une rangée de tanneries;
des peaux séchaient pendues à des
crocs jaunes de rouille. Sur un ta-

lus hérissé de buissons et de cigües
étalées comme des parasols, une
volée de moineaux le regarda passer.
Le toit de sa maisonnette lui apparut ; il s'allongeait d'un bleu sombre
entre les troncs de peupliers dont
la cîme papillotait. Les feuillages
étaient pleins de ciel. Benjamin ouvrit la barrière qui séparait son immeuble du chemin. Un grand soupir
le soulagea : il n'avait rencontré personne. La solitude du lieu l'écrasant,
ses yeux s'humectèrent. Il s'approcha
de l'eau, se laissa tomber sur une
chaise, sa chaise ! installée contre un
tamaris, et longtemps il demeura
plongé dans une contemplation mo-
rose, l'esprit bercé par le murmure
de vie qui s'exhalait du paysage. Une
lame de soleil descendit sur son

épaule; la pesanteur de ses jambes l'accablait. Alors, clairement, au milieu de sa somnolence lucide, il vit le gravier de la rivièreau-dessus duquel des flottes de petits poissons remontaient le courant, se piquaient d'étincelles.

— Suis-je assez malheureux ! pensa Benjamin.

En face de lui, une branche cassée ridait la surface de l'Oise. A sa droite, sous la hauteur des arbres, dans un demi-jour vert très-fin, la rivière faisait un coude, coulaitcomme une masse de plomb, à peine troublée par le zig-zag leste d'un poisson, par le voyage d'une feuille tombée. Sa barque était vaseuse. Un rateau gisait près de sa chaise. Aucune douceur ne descendant en

Benjamin Rozes, il retourna chez lui.

Pendant quinze longues journées, il vint de même à sa propriété, afin de se distraire, tout vibrant d'intentions, mais les distractions ne voulaient plus de lui, et ses projets s'éloignaient comme l'eau de la rivière, de façon monotone. Néanmoins il s'acharnait à revenir.

Et une après-midi, plongé dans son étrange sommeil, il se tenait assis contre le tamaris, quand une grosse voix le réveilla en sursaut :

— Hé !... Benjamin.

— Quoi? fit-il... Tiens !.. Alfred...

— La porte est-elle ouverte?

— Je crois que oui.

Un homme entra, les mains ornées de gants beurre frais. Il avait le visage couperosé, l'œil vitreux, une moustache grise, taillée en brosse. C'était le frère de M. Rozes qui se décidait à lui revenir, bien que, huit mois auparavant, des affaires d'intérêts les eussent à peu près brouillés.

— Eh bien, demanda-t-il?

— Ça ne va toujours guère, répondit Benjamin.

— Pourquoi n'es-tu pas à Paris ?

— Ah oui,.. c'est vrai !... Paris... Je n'y avais pas pensé.

— Ton Pédoussault est un filou.

— C'est que,... déclara Benjamin.

— Quoi?

— Il ne sera peut-être pas content.

— Qu'est-ce que ça te fait?... Je quitte ta femme.... Nous sommes d'accord… En route ! il y a un train pour Paris à trois heures. Ta malle est prête. — Je t'accompagne.

A trois heures, le train emportait les deux frères.

Trois décoctions de racine de grenadier guérirent M. Rozes.

Il ne salue plus Pédoussault.

## FIN.

# TABLE

Imprimerie A. LEFÈVRE, Bruxelles